그 거리를 함께 걸으며

김지연

지나가는 것들

김지연 소설

지나가는 것들

차례

지나가는 것들

영경은 모든 것이 한차례 지나가고 난 다음에 나타났다. 우리가 처음 만난 것은 데이트 어플을 통해서였다. 어플로 사람을 만나는 일은 지난한 과정이었다. 있는 용기와 없는 용기를 다 쥐어짜내 몇 번이나 시도해봤지만 채팅하는 동안 별안간 연락 두절이 되거나 약속 장소에 나타나지 않는 사람이 대다수였다. 도대체 왜 이런 인간들만 걸리는지 물어보고 싶어도 이 촌구석에서 아는 레즈라고는 어플 같은 건 깔아본 적도 없이 '자만추'에 성공해 장기 연애 중인 친구 커플과 고등학생 때부터 3년을 사귀었는데 별안간 잠수 이별을 시전한 전 여친 재영뿐이었다. 그마저도 셋 다 이 촌구석에서는 미래가 안 보인다며 서울로 떠나버렸다.

미래라니, 어떤 미래? 미래는 원래 보이지 않는 게 아닌가? 보이면 점쟁이지 그게. 그렇게 떠나버리면 나는 누구랑 노냐며 바짓가랑이를 붙들어보았지만 어림없었다. 그래서 애인을, 하물며 친구라도 좀 더 만들어보자고 시도 때도 없이 어플을 돌렸는데 인구밀도가 점점 낮아지고 있는 촌구석이라 그런지 제일 근처에 사는 사람도 수십 킬로미터는 멀리 떨어져 있었다. 꾸역꾸역 고속버스를 타고 옆 도시로 원정을 갔지만 아무도 만나지 못하고 다시 버스를 타고 되돌아오는 날이 더 많았다. 그러던 차에 같은 도시에 사는 사람이 나타나자 나는 웬만큼 미친 사람만 아니라면 잘 지내보자고 다짐

했다.

영경을 만나기 전에 나를 휩쓸고 지나간 것은 이런 것들이다. 엄마의 재혼, 할머니의 장례식, 아빠의 필리핀 이민, 조카의 탄생, 학사 경고, 도피성 휴학, 절친들의 상경, 잠수 이별. 온갖 관혼상제와 난생처음 겪는 이벤트들이 성인이 되자마자 2년 남짓한 시간 동안 후루룩 지나가버렸고 나는 그야말로 낙동강 오리알이 된 심정이었다. 명절이라고 찾아갈 피붙이도 다 멀어지고 우정도 사랑도 기댈 만하지 않았다. 고깃집 알바를 마치고 집으로 돌아가는 새벽이면 무척 쓸쓸한 기분이었다. 모두가 버리고 간 서늘한 빈집에 들어가 불을 켤 때면 오롯이 혼자인 걸 들키는 기분이 들어 더 외로워지곤 했다. 하지만 그 모든 걸 겪어냈으므로 다음으로 무엇이 와도 크게 놀라지 않을 자신이 조금 붙었다. 그럼에도 영경은 내게 꽤 충격적인 사건이었다.

영경과 만나기로 약속한 주말에 나는 영경이

지도에 찍어준 좌표를 보고 찾아갔다. 영경의 동네와 우리 동네 중간쯤에 있는 놀이터였다. 한 번에 가는 버스가 없어서 천천히 걸어가기로 했다. 지도 어플에 따르면 30분 정도면 충분했다. 5월 초입치고는 꽤 더워지긴 했으나 못 걸을 정도는 아니었다. 무엇보다 약속 시간까지 충분히 마음의 준비를 하고 싶기도 했다. 약속 장소가 가까워지자 오래 걸었기 때문인지 기대에 차서인지 점점 심장이 빠르게 뛰기 시작했다.

영경은 혼자 시소에 앉아 있었다. 나는 놀이터의 입구를 찾아 회양목을 심어놓은 테두리를 빙 둘러 걸으면서 영경을 흘긋거렸다. 영경은 발을 굴러 땅을 밀어내며 오르락내리락거렸다. 시소의 맞은편이 바닥에 닿을 때마다 영경의 다리는 땅에 닿지 않고 공중에 붕 떴다. 구조물들에 가려 영경의 모습이 보였다가 보이지 않았다가 했다. 영경은 펌도 염색도 하지 않은 새카만 단발머리에 생각보다 키가 작고 마른 체형이었다. 전혀 내 취향이 아니었고 그래서 몰래 돌아가고 싶은 마음이 생겼다. 하지만 그동안 나와 만나기로 했다가 나타나지 않았던 사람들이 떠올랐다. 그들도 먼발치에서 나를 발견하고 영 구미가 당기지 않아 돌아섰을지도 모를 일이라고 생각하니 선뜻 발이 떨어지지 않았다.

　나는 그저 지나가는 사람인 것처럼 놀이터 바깥을 걸으며 영경의 모습을 계속 훔쳐보았다. 어느 순간 영경은 멈춰 서 두 손을 모으고 있었다. 기도하는 모습 같기도 했는데 저렇게 간절히 염원하는 것이라면 나도 같이 빌어주고 싶었다. 어찌 보면 두 손을 꼭 모은 자세가 사마귀처럼 보이기도 했다. 길고 가느다란 팔다리와 초록빛 셔츠가 더 그렇게 느껴지게 했는지도 몰랐다. 나라면 절대 고르지 않았을 것 같은 눈에 튀는, 누가 저런 걸 사나 싶은 그런 색깔의 셔츠였다. 그래도 데이트 상대를 고르려는 것이 아니라 동네 친구를 만들려고 했었고 나도 대단히 옷을 잘 입는 사람은 아니었으므로, 지나왔던 길을 돌아 입구로 들어가 시소에 앉아 있는 영경에게 다가가서 말을 붙였다.

"저……."

"오. 바람 맞는 줄 알았는데."

"네?"

"아니. 박미수 맞지? 그네 좀 타다 갈래?"

문자를 나누며 반말을 하기로 하긴 했었다. 막상 얼굴을 보니 선뜻 입이 안 떨어지는 나와 달리 영경은 거리낌이 없었다. 나는 엉덩이를 털고 일어나 그네 쪽으로 향하는 영경을 뒤따랐다. 가까이 서서 걸으니 멀리서 훔쳐보며 짐작했던 것보다는 키가 컸다. 나란히 그네에 앉아 한동안 말없이, 간간이 쑥스럽다는 듯 웃기나 하면서 그네를 탔다. 그러다 어느새 무섭도록 높이 올라간 영경의 뒤통수를 보다가 잠깐 재영을 떠올렸다. 우리가 아직 헤어지지 않은 건 아닐까 하는 터무니없는 생각을 했다. 그러니까 인스타에 서울 생활에 대해 올리는 걸 보면 거의 매일 새로 만난 사람들과 술을 마시러 다니고 다른 친구들과도 연락을 잘 주고받고 있는 것 같았지만, 아직 카톡도 인스타도 나를 차단하지는 않았으니까. 헤어지자고 분명히 말했던 것은 아니었으니까. 마지막으로 만났을 때 들었던 말이 뭐였더라. 같이 서울에 가자, 여기서 더는 못 살겠어, 였나. 내가 했던 말은 뭐였더라. 조금만 기다려 줘, 였던 것 같고 재영도 알겠다고 했었다. 그런데 얼마 뒤 혼자 서울로 가버리더니 연락을 끊었다.

멀리까지 올라갔던 영경이 다시 내려왔다. 운동화와 바닥을 세게 마찰시키며 그네를 세우더니 나를 휙 돌아보며 물었다.

"너 아직 전 여친 못 잊었지?"

"뭐?"

전 연애에 대해서는 말한 적이 없었던 데다 마침 그에 대한 생각을 하고 있었기 때문에 나는 정말 깜짝 놀랐다. 영경은 내 반응을 보고 만족스럽다는 듯한 미소를 지으며 다시 그네를 앞뒤로 살살 흔들기 시작했다.

"실은 내가 촉이 좀 좋아."

"뭐?"

나는 계속 놀라고만 있었다.

"그냥 뭐든 좀 빨리 알아채. 실은 지금도……."

"지금도?"

"느껴지네, 미래가……."

—사기꾼 아냐?

—컨셉충인 듯

별거 없이 저녁으로 마라탕을 먹고 맥줏집으로 자리를 옮겨 가볍게 한 잔씩 하고 핸드폰 번호도 교환한 다음에 한 주 뒤 주말에 또 만나기로 하고 헤어진 후에야 나는 미심쩍기 시작했다. 영경은 아주 이상하지는 않았지만 뭔가 조금씩 이상한 데가 있었다. 이 좁아터진 동네에서 나고 자란 토박이에 내 동갑내기였고 심지어 같은 고등학교 출신이었다는데 이름도 얼굴도 아주 낯설었다.

그날 밤 영경과 헤어져 집으로 돌아와 서현 언니와 수아와의 단톡방에 영경에 대해 설명했다. 두 사람은 이상할 것도 참 많다고 했다.

─근데 진짜 술친구 수집 중이야?

─그럴 거면 데이트 어플 지우고 맛집 어플이나 깔아

두 사람은 아마 같은 침대에 누워 있을 것이고, 각자의 핸드폰으로 내게 카톡을 보내면서도 입으로는 다른 말을 하며 두 사람만의 대화를 따로 하고 있을지도 몰랐다. 서울로 이사 간 뒤로 자주 만나지는 못했지만 거의 매일 카톡을 주고받았다.

─그래서 어떤 미래를 느꼈대?

─그건 얘기 안 해주던데요

─왜? 부정 탄대?

—너무 취향이 아니라서 친구로 남을 게 보였
나 보다

*

물론 어떤 미래가 느껴지느냐고 물어보긴 했
었다. 미래는 느낄 수 있는 것일까? 한때 타로점을
열심히 보러 다닌 적이 있다. 내가 고른 카드를 한
장씩 짚어가며 풀어놓는 그 모든 두루뭉술한 해석
들이 나를 안심시켜줬으므로 일종의 심리 상담이
었던 것도 같다. 전공이 적성에 맞지 않아 한창 불
안했던 시기였으므로 무슨 말을 들어도 솔깃했을
것이다. 악담을 퍼부은 사람도 있었다. 내가 바랐
던 일들이 모두 잘 안 풀릴 것이고 이루어진다고
해도 끝에 가서야 겨우 조금 될까 말까 한다고. 돈
을 내고 그런 소리를 듣고 앉아 있자니 조금 억울
했다.

"어떤 미래가 느껴지는데?"

영경은 잠깐 골똘한 표정으로 나를 보았다. 나는 내 미래가 여기서 모두 까발려지면 어쩌나, 지지리도 재미없다는 게 판명 나서 더 플레이할 마음이 아예 사라지면 어쩌나 걱정했다. 하지만 예언은 대개 은유니까. 애매모호하고 뉘앙스만 풍기니까. 정확한 예언을 들었다 하더라도 그 구체적인 모습은 상상 밖일지도 모른다.

"함부로 떠들고 다니면 치러야 할 것들이 더 많아지니까."

영경은 적당히 면피하고는 한참 그네를 탔다.

"마라탕 먹으러 갈까?"

영경이 그네를 멈춰 세우며 말했다. 나는 곧장 고개를 끄덕였다. 데이트 시장에서 내가 잘 안 팔리는 이유가 살이 많이 쪄서인 것 같아 한창 식단 조절을 하고 있었는데 그 때문인지 마라탕 생각만 해도 입안에 침이 고였다.

"나 마라탕 엄청 좋아해."

"그럴 줄 알았어."

"뭐? 어떻게 알아?"

"하하. 요새 유행이잖아."

"그런 것도 다 보이는 줄 알았네. 근처에 아는 데 있어?"

영경이 아는 곳이 있다고 했다. 그네에서 일어나 놀이터를 빠져나가려는데 입구에서 영경이 뭔가 놀라운 걸 발견한 사람처럼 가벼운 탄성을 지르더니 상체를 숙였다.

"이거 좀 봐."

회양목 위에 작은 사마귀 한 마리가 있었다.

"사마귀네."

별 대단한 것은 아니니 잠깐 보고 말 줄 알았는데 영경은 한참 동안이나 사마귀를 보았다. 사마귀를 닮았다고 생각했던 사람과 함께 사마귀를 보다니 뭔가 징조 같았다. 물론 그런 건 전혀 아니었지만 그러자고 마음먹고 보면 세상은 온갖 사인으로 가득한 곳일 수도 있었다. 이래서 음모론자들이 판치는지도.

"사마귀는 왜 이리 느릴까?"

나는 그 말을 하는 영경의 얼굴을 돌아보았다. 사마귀를 조금도 닮지 않은 귀여운 얼굴이었다. 하지만 무릎을 살짝 구부린 엉거주춤한 자세는 어쩐지 사마귀 같았다. 사마귀를 이렇게 오래 관찰해본 적도 사마귀가 느리다고 생각해본 적도 없어서 내가 아무 말도 하지 않자 영경이 말을 이었다.

"사마귀는 죽을 것 같으면 죽은 척을 한대. 정말 죽을지도 모르는 위기 상황인데, 진짜 죽기는 싫은 거야. 그래서 먼저 죽은 척을 하는 거지."

그러면서 흙바닥에 떨어져 있던 나뭇가지로 사마귀를 공격하기 시작했다. 사마귀에게 죽음을 주려는 사람처럼 마구 찔러댔다. 사마귀는 자신이 영경을 이길 수 있으리라는 듯 당당한 자세로, 터무니없이 느린 속도로 맞섰다. 용감해 보이기도 했고 무모해 보이기도 했다. 크게 다른 말은 아니었다. 어느 순간 시소에 앉아 있던 영경이 그랬듯 기도하는 자세처럼 보였다. 생사의 살림길에서 자신의 명운을 비는 사람처럼.

"어떻게 보면 기도하는 모습이랑 닮지 않았어?"

그러니까 너를 보고 사마귀를 떠올린 건 생김새 때문이 아니라 어떤 포즈 때문이야, 하고 속으로 변명처럼 덧붙이며 물어보았다.

"실제로 외국에서는 기도하는 사마귀라고도 부르니까."

"어떻게 이렇게 사마귀에 대해 잘 알아? 사마귀세요?"

영경은 내 질문이 어이없다는 듯 크게 웃었다. 고개가 뒤로 젖혀질 정도로 과장된 그 웃음을 보니 갑자기 확 가까워진 기분이었다.

"그냥 어렸을 때부터 백과사전 같은 거 보는 걸 좋아했어. 그중에도 곤충이랑 식물 파트를 특히 좋아했거든."

영경은 나뭇가지를 풀숲을 향해 집어 던지고 무릎을 폈다.

"이만 가자."

영경이 가자고 한 마왕마라탕은 30분 넘게 걸어야 했지만 영경도 걷는 걸 좋아한다고 해서 그냥 걸어가기로 했다. 길은 영경이 안다기에 어플을 들여다보지 않았다. 일단 주택가 골목을 가로질러 상가들이 모여 있는 큰길로 나가기만 하면 금방 찾을 수 있을 것이라고 했다. 우리는 급할 것도 없는 사람들이어서 천천히 걷기 시작했다.

20세기에 지어졌을 붉은 벽돌집들과 수차례 아스팔트를 덧바른 흔적이 남은 좁은 골목을 나란히 걸으면서 미처 나누지 못했던 정보들을 나누었다. 영경과 나는 비슷한 점이 많았다. 둘 다 이 도시에서 나고 자랐고 언니가 하나 있고 부모님이 이혼했다. 휴학생이었고 영화관에 가는 걸 좋아했고 한 번도 해외여행을 가본 적이 없었다. 마라탕을 좋아했고 술은 맥주만 조금 마셨다. 다른 점이 물론 훨씬 더 많았다. 우리는 같은 사람이 아니었으니까. 나는 축구 경기 보는 걸 좋아했지만 영경은 운동이라면 하는 것도 보는 것도 좋아하지 않았다. 영경은 해외여행을 간다면 일본에 가고 싶어 했지만 내게는 가장 흥미가 없는 나라가 일본이었다. 우리는 서로에 대한 이야기를 나누면서도 주변 풍경을 공유했다. 저기 저 꽃 좀 봐. 어느 집에서 내놓은 화분에는 튤립과 수선화가 자라고 있었고 어느 집 담장에는 장미가 만발해 있었다. 맑은 하늘에 적당히 해를 가린 구름 때문에 볕이 따갑지 않아서인지 모든 것들이 선명히 잘 보였다.

"넌 언제 알았어?"

"이쪽인 거?"

"응."

영경이 그렇게 물었을 때 나는 우리 사이가 오래가지 못하겠다는 예감을 했다. 만나면 으레 할 수 있는 사소한 질문인 것 같으면서도 이상하게도 첫 만남에서 언제 처음 성정체성을 깨달았느냐는 질문을 하는 사람과는 몇 번 만남을 이어가다가도 어느새 연락이 끊겨버렸다. 명쾌한 인과가 있는 것은 아니었지만 늘 그렇게 되고 말았기 때문에 경험상 영경과도 그렇게 될 확률이 높다고 생각했다.

내게는 그 질문을 받을 때마다 떠올리는 몇 가지 장면과 한 사람이 있었다. 아직 골목을 다 빠져나가지 못한 우리에게는 이야깃거리가 더 필요했으므로 나는 입을 열었다.

"딱 떠오르는 장면이 하나 있거든. 초등학교에 막 입학했던가 입학하기 전인가 할 텐데. 놀이터에서 놀고 있을 때였어."

드물게 모래가 있는 놀이터였다. 나는 친구들

과 모여 모래를 파헤치고 있었다. 언제부턴지 교복을 입은 중학생들이 예닐곱 정도 몰려와 떠들어댔다. 남자와 여자가 거의 반반이었다. 뺑뺑이 혹은 지구본이라고 불렀던 놀이기구 근처에 모여 있었다. 왁자한 웃음이 여러 번 터졌고 별안간 조용해졌다가 다시 탄성이 터져 나왔을 때 나는 그쪽을 돌아보았다. 뱅글뱅글 돌아가는 지구본 안에는 언니 두 명이 서서 입을 맞추고 있었다. 나는 내가 본게 잘못된 건가 싶어 자리에서 벌떡 일어나 한참을 보았다. 되는구나. 여자끼리 뽀뽀해도 되는 거구나. 그 생각만으로도 무척 행복해졌다. 얼마 지나지 않아 그들이 왕게임 중이었으며 그녀들이 일종의 벌칙을 수행하고 있었다는 것을 깨달았지만. 그 기억은 당시에는 내게 흐뭇한 감정 이상의 뚜렷한 무언가를 만들어내지는 않았던 것 같다.

　내 이야기가 끝나고 자연히 영경의 이야기도 들을 수 있을 것이라고 생각했는데 아니었다. 영경은 그게 전부냐며 또 다른 이야기는 없느냐고 물었다. 나는 지희 이모 이야기를 꺼냈다.

*

지희 이모는 내가 초등학교 고학년일 때 우리 집에서 하숙했던 사람이었다. 우리 집에는 큰방 하나와 작은방 두 개가 있었고 엄마와 아빠, 외삼촌, 언니 그리고 내가 살고 있었다. 외삼촌이 직장을 얻어 집을 나가고 난 다음 나는 그 방이 내 방이 될 거라 기대했다. 내게도 혼자 있을 공간이 필요했다. 하지만 외삼촌이 짐을 뺀 바로 다음 날에 지희 이모가 나타났다. 아빠가 일하던 공장에 새로 들어온 도장공이라고 했다. 나보다는 스무 살 가까이 나이가 많았고 처음엔 삼촌인가 싶을 정도로 남자 같은 차림새였다. 그게 무척 인상적이었다. 아빠가 앞으로 하숙할 사람이라고 소개하면서 언니라고 부르라 했을 때 지희 이모는 나이 차이도 많이 나는데 무슨 언니냐며 차라리 이모라고 부르라 했다.

지희 이모는 아빠처럼 쥐색 작업복을 입고 다녔고 오토바이를 타고 출퇴근했으며 시너 냄새와 담배 냄새를, 어떤 날은 술 냄새를 풍기며 집으로 돌아왔다. 술은 몰라도 담배는 엄마가 혐오하는 품목이었지만 엄마가 이모를 싫어하는 것 같지는 않았다. 이모는 누구에게나 싹싹했고, 씩씩하기도 했다. 엄마, 아빠와 함께 술상을 차려 밤늦도록 떠드는 일도 종종 있었다. 아빠를 반장님, 엄마를 형수님이라고 깍듯이 부르면서 술을 따르고 냉장고에 남아 있는 것들을 털어 소시지야채볶음이나 홍합탕 같은 안주를 뚝딱 차려 왔다. 엄마는 여자한테 형수님이라는 소릴 듣는 게 이상하다면서도 다른 호칭을 찾지 못해 그냥 형수님이라고 부르게 두었다. 술을 주거니 받거니 하다가 엄마가 하품을 하기 시작하면 이모는 엄마와 아빠를 먼저 방으로 밀어 넣고 설거지까지 깨끗하게 마친 다음 잠자리에 들었다. 주말이면 오전 내 잠들어 있는 아빠와 달리 일찌감치 일어나 아빠 대신 집 안팎의 부서진 곳을 손보기도 했다. 엄마는 어디에 전등이 나갔는지 어느 방의 문고리가 고장 났는지 화분을 어디로 옮겨야 할지를 이모에게 고했고 그 일을 묵묵히 해내는 이모의 뒤통수를 흐뭇하게 바라보곤 했다.

한번은 집에 바퀴벌레가 나온 적이 있었다. 평소 엄마는 앞장서서 용감하게 바퀴벌레를 잡는 사람이었는데 그날은 비명을 지르며 지희 이모의 등 뒤에 숨어 모든 걸 이모에게 떠넘겨버렸다. 이모는 엄마를 달래며 바퀴벌레를 잡았다. 엄마가 그러지 말라고 말렸지만 나와 언니에게 종종 용돈을 쥐여주기도 했다. 엄마는 이모의 그런 바지런함과 깍듯함을 칭찬하듯 지인들한테 늘어놓는 걸 즐겼지만 어떤 건 빼놓기도 했다. 바퀴벌레를 대신 잡아주는 일 같은 것을 말하는 걸 본 적은 없다.

지희 이모는 우리 집에서 3년을 살았다. 이모가 우리 집에 머물렀던 마지막 해에 나와 여섯 살터울이었던 언니는 고3이었고 학원을 다니느라 자정을 넘겨 집에 돌아오곤 했다. 수능 날짜가 다가오자 언니는 점점 예민해졌고 나와 같은 방을 써야하는 처지를 못마땅해했다. 우리가 이모와 친해지지 못한 이유도 어쩌면 그 점 때문이었다. 이모만아니었으면 우리는 각자의 방을 하나씩 차지할 수있었을 텐데. 내게 용돈을 쥐여줄 때면 그런 기분이 사라졌다가도 이모가 자신의 방으로 들어가 문을 꼭 닫을 때면 다시 슬그머니 언제 방을 뺄지 궁금해졌다. 원래는 1년만 살기로 한 것 같았는데 계속 한 해 한 해 더 추가되었고 엄마도 반대하지 않았다. 회사에서 직원 숙소가 제공되는 것 같았지만대부분 남직원이고 혼자서 쓸 수 있는 방은 없어우리 집에 들어오게 된 듯했다. 언니는 가능하면집에서 먼 곳에 있는 대학교에 장학금을 받고 가기

위해서 더 필사적으로 공부했다.

하루는 언니가 방문을 열고 들어온 기척에 잠에서 깼다. 이미 자정을 넘긴 시각이었고 언니는 다음 날 또 일찌감치 등교해야 했지만 침대에 누워서도 쉽사리 잠들지 못하고 한참을 이리저리 뒤척였다.

"언니, 잠이 안 와?"

침대가 삐걱거리는 소리에 다시 잠이 들었다 깨고 또 잠이 들었다가 깨어 언니에게 물었다. 제발 좀 자라는 투정을 섞은 질문이었다. 언니는 약간 얼빠진 목소리로 중얼거렸다.

"지희 이모 말이야."

"으응."

나는 반쯤은 잠에 취한 채로 언니가 하는 말을 듣는 둥 마는 둥 추임새만 넣었다.

"집 앞에서 어떤 여자랑 싸우더라."

"으응."

"자?"

언니는 내 반응이 영 성에 안 차는지 소리를 높였지만 내가 대꾸하지 않자 더는 말을 붙이지 않고 한숨만 푹푹 내쉬더니 누군가와 속삭이며 통화하기 시작했다.

"아니, 둘이 껴안았다가 소릴 지르다가 별짓을 다 하더라. 자세히는 못 봤는데, 키스도 하는 것 같았다니까. 있어. 우리 집에 사는 이상한 여자."

나는 그 장면을 내가 봤으면 좋았을 텐데, 하고 잠결에 생각했다.

*

식당에 도착해서 마라탕과 꿔바로우가 나왔을 때도 영경은 자신의 이야기는 하지 않았다. 말없이 푸주만 집어 먹다가 맥주 한잔하겠느냐고 물은 다음에 내가 고개를 끄덕이기 무섭게 직원을 불러 칭

따오를 한 병 주문했다.

"그래서 너는 언제였는데?"

결국 나는 못 참고 영경에게 물었다. 영경은 직원이 건넨 맥주를 받아 들고 병뚜껑을 따려고 힘을 주면서 고개를 갸웃했다.

"내가 할게."

"사실 난 아직 잘 모르겠어."

오, 씨발. 나는 그대로 일어나서 집으로 가고 싶은 마음이 되었지만 아직 손도 안 댄 꿔바로우가 눈앞에 있었다.

—그럼 바이인가? 헤테로는 의심도 안 하잖아

—퀴어지망생일지도

—그걸 왜 지망해

—헤테로들은 언제 알아챌까요? 본인이 이성애자라는 걸

—알 게 뭐야

—그런데 넌 아직도 지희 이야기 하고 다녀?

—죄송해요

—죄송할 것까진 없지

오래전 지희 이모와 함께 있던 그 사람이 바로 서현 언니였다. 두 사람은 헤어졌고 지희 이모는 결혼했다.

*

서현 언니가 내게 말을 걸어온 건 지희 이모에게 남자친구가 생겼다는 이야기를 듣고서 한 달쯤 뒤였다. 언니는 아파트 입구로 들어서는 나를 발견하고 다가왔다.

"혹시 말이야. 김지희 알아요?"

"저희 집에 하숙하는 이몬데요."

나는 곧이곧대로 말했다.

"미수 맞지? 지희한테 이거 좀 전해줄래요?"

언니는 내 이름을 알고 있었다. 나는 건네받은 종이가방을 들고 언니가 멀어지는 뒷모습을 보고 서 있었다. 그런데 언니는 다시 돌아와서는 종이와 펜이 있느냐고 물었다. 내가 느릿느릿 책가방을 뒤적거리자 조급증이 났는지 자신의 지갑에서 카페 쿠폰을 꺼내 내가 펜을 건네주기만을 기다리고 있었다. 그러고는 펜을 받자마자 곧장 거기에 전화번호를 써주었다.

"혹시 나한테 뭔가 할 말이 있다고 하면 이리로 연락하라고 해요."

나는 그 쿠폰을 종이가방 속에 넣을까 하다가 바지 주머니에 넣었다. 현관에 들어서자 엄마가 내가 손에 든 것을 눈짓하며 물었다.

"그거 뭐야?"

"누가 지희 이모한테 좀 전해달래."

"누가?"

"어떤 여자가."

"이리 줘."

엄마는 종이가방을 받아 들고 속을 흘깃 들여다보는 듯하다가 이내 흥미를 잃었는지, 남의 물건을 함부로 건들면 안 된다는 생각이 뒤미처 들었는지 그냥 주방 식탁 위에 올려두었다.

"처음 보는 사람이었어?"

"응."

내가 씻고 나왔을 때 종이가방은 식탁 위에서 사라져 있었다.

지희 이모에게 남자를 소개해준 사람은 아빠였다. 같은 회사에서 일하고 있는 두 사람을 오랫동안 눈여겨보다가 짝지어줘야겠다고 오지랖을 부린 것이다. 후에 이모와 결혼한 그 남자는 조선소에서 일하는 용접공으로 정규직이었다. 이모보다는 한 살이 많았고 고아라고 했다. 이모는 홀어머니 아래서 자랐고 오래전 친가와도 연이 끊어졌기 때문에 가족사진을 찍을 때는 단상이 좀 허전했다.

잘 차려입고 뻣뻣한 미소로 하객들에게 인사하고 있는 남편은 생각보다 노안이어서 이모와 나이 차이가 많이 나 보였다. 그래도 꽤 미남이었다.

"축하드려요."

신부 대기실에서 가만히 앉아 있던 지희 이모에게 어색한 말투로 그렇게 말했을 때 이모는 고맙다며 내게 웃어주었다. 흰 드레스가 잘 어울렸고 붙임머리도 원래 이모의 것처럼 자연스러웠다. 화장한 것은 처음 봐서 조금 어색하게 느껴지기도 했지만 눈 코 입이 오밀조밀 들어 있는 작은 얼굴이 예뻤다. 그때 꼭 맞잡아주었던 손이 무척이나 뜨거웠던 것도 생생히 기억난다. 나는 그날 종이가방을 이모가 전해 받았을지 궁금했다. 하지만 한 번도 물어보지 못했다. 그 안에 들었던 것이 무엇인지 알게 된 것은 몇 년 뒤였다.

지희 이모 부부는 결혼 후에도 종종 우리 집에 놀러 왔다. 주로 명절을 앞두고서였다. 이모는 결혼 후 한두 해 더 회사를 다니다가 그만두고 아들을 둘 낳았다.

"지희 첫째가 벌써 초등학교엘 들어간다네. 가방이라도 하나 해줄까?"

"벌써 그렇게 됐나?"

아빠의 말에 엄마는 지나간 시간을 헤아리며 놀랐다. 그로부터 얼마 후에 지희 이모는 남편을 따라 나이지리아로 가서 소식이 뜸해졌다.

결국 지희 이모와 가까워지지도 못했고 이모가 어떤 사람인지도 정확히 알 수 없었지만 이모와 함께 사는 내내 나는 나도 모르게 내가 바라는 미래의 형태를 자주 그려봤던 것 같다. 모든 것이 규범적인 시골 동네에서 이모는 상상력이 부족한 내가 쉽사리 그리지 못했던 모습을 하고 있었다. 쇼트커트, 워커화, 오토바이, 술, 담배, 문신, 도장공. 유달리 특별하지 않은 것들이지만 고만고만한 삶의 형태를 지키며 살아가는 사람들이 대다수인 동네에서 그 전까지는 한 번도 그런 사람을 본 적이 없었다. 이모를 보면서 그런 생각을 많이 했다. 되는구나. 되는구나. 되는구나. 모든 불가능했던 것들이 가능해지는 기분이었다. 그 모든 것을 하면서도 우리 집에 들어올 수 있었다는 것이 의아하기도 했다.

아빠는 지희 이모가 일 잘하고 책임감 강한 딱한 여자애라고만 했다. 나와 언니에게는 천국과 지옥을 들먹이며 무서울 정도로 도덕성을 강조하는 엄마도 이모에게는 관대한 편이었다. 어차피 남이기 때문이었을까? 아빠와 엄마의 기존 사고 체계에 쉽사리 포섭되지 않는 유형의 사람이었기 때문이라는 생각도 했다. 그 당시 우리가 가진 세계는 무척 한정적이어서 겨우 그 정도로도 열외가 되었다. 남자 대하듯 해야 할지 여자 대하듯 해야 할지 때로는 갈피를 못 잡는 느낌이었다. 옷차림은 남자애 같아서 애 대하듯 하고 싶은데 또 하는 짓은 다

자란 어른 같아서 함부로 뭐라 할 수는 없고. 뭐든 솔선수범하며 회사에서도 일을 아주 잘한다고 했으니 행동거지에 흠잡을 데가 없는 사람이었을 것이다. 나는 분명 이모가 동성애자일 거라고 생각했기 때문에 이모가 남자친구를 소개했을 때도 결혼을 알렸을 때도 깜짝 놀랐다. 아마 바이섹슈얼이었으리라고 짐작했고 누군가에게 이모에 대해 이야기할 일이 있을 때는 그 부분은 생략해버리곤 했다. 영경에게도 이 이야기는 하지 않았다.

그날 우리는 맥줏집으로 자리를 옮겨 술을 몇 잔 더 나누다가 헤어졌다. 서로 데려다주겠다고 잠깐 실랑이를 하다가 그냥 각자 알아서 잘 걸어가기로 했다. 자정이 가까워 있었다. 봄밤의 공기가 피부를 파고드는 느낌이 무척 좋았다. 혼자 걸으며 영경과 좀 더 걸어도 좋았겠다는 생각을 했다. 내가 가졌던 첫 느낌이 틀렸으면 좋겠다는 생각도. 영경이 어딘가 좀 방어적으로 군다는 생각도 했다. 하지

만 서현 언니나 수아 말대로 이상할 것 없는 사람
이기도 했다.

　—전혀 이상할 거 없어
　—새로운 사람 만나기 겁나서 방어 중인 거 아
냐?
　—그런 걸까요?
　—그냥 누구든 좀 만나, 이러나 저러나 시간은
흘러가
　—그래, 나도 상담 선생님 졸업 좀 하자
　—안 돼요...
　—언제 사람 되니
　—저 사람 못 돼요...
　나는 내가 여러 사람과 한데 만나는 것을 어
색해한다는 것을 최근에 깨달았다. 한 명만 만나
는 것은 괜찮았다. 그건 내가 상대의 눈치를 봐가
며 나에 대한 정보를 오픈하는 정도를 달리했기 때

문이었다. 세상 사람들이 다 제정신이 아닌 것 같다고 늘 욕하고 다녔지만 사실 내가 제일 돌아 있는지도 모른다. 왜 이렇게 피곤하게 살까 나는. 나에 대한 정보를 가장 많이 알고 있는 사람은 어쩌면 심야의 택시기사 아저씨 아니면 미용실 직원인지도 모른다. 예전에는 거짓된 정보를 제공하기도 했다. 어차피 또 만날 사람은 아니라는 생각에. 남자친구 있으세요? 네네, 한 2년 만났어요. 무슨 일 하세요? 레크리에이션 강사예요. 좋아하는 가수 있어요? 저 성시경 좋아해요. 아무런 죄악감도 반성도 없이 최근 본 매체에서 나온 정보들을 짜깁기한 아무 말이나 뱉어냈다. 다시는 안 만나겠지, 다른 데로 옮겨야지…… 하는 마음이었다. 하지만 미용실을 계속 옮겨대는 것도 한계가 있어서 나중에는 에라 모르겠다, 저는 거짓을 모릅니다, 라는 심정이 되어 모든 질문에 진실만으로 일관했다. 여자친구가 있었는데 잠수 이별 당했어요. 휴학했어요. 레드벨벳 좋아해요. 이 정도도 감당 못 하면서 뭘 그렇게 남의 사생활을 꼬치꼬치 캐묻냐 싶어 더 구구절절 털어놓기도 했다. 갑자기 입을 꾹 닫아버리는 사람이 있는가 하면(그런 사람이 가위를 들고 있어서 좀 무서웠다) 요즘 세상에 뭐 어떠냐며 다짜고짜 응원하는 사람도 있었다. 한 다리 건너면 아는 사이인 좁아터진 동네에서 자칫 잘못하면 가족의 귀에 내 진짜 신상이 들어갈 수도 있다는 생각에 조마조마하기도 했지만 왠지 모를 해방감이 있었다. 독실한 기독교도인 엄마가 늘 읊조리는 삶의 통전성을 지켜야 한다는 것은 이런 걸 일컫는 게 아닐까? 그보다는 차라리 그런 식으로라도 들키기를 바라는 수동태의 삶을 살아왔기 때문인지도 모르겠다. 정말이지 조용히 살고 싶다는 마음과 될 대로 되라는 마음이 자주 충돌해서 점점 더 이도 저도 아닌 삶을 살고 있는 것 같았다. 나는 왜 살지. 이럴 거면 이렇게 살 거면 내가 아닌 채로 살 거

면 왜 살지? 나는 누구의 삶을 대신 살고 있는 거
지? 그럴 때마다 나름의 해방구가 되어주는 것이
서현 언니와 수아가 있는 그 단톡방이었다. 두 사
람은 내가 무슨 한풀이를 해도 곧잘 들어주고 대꾸
해주었다.

　　─그래서 걔는 계속 만나볼 거야?
　　─일단 다음 주에도 만나기로 하긴 했어요
　　─많이 외롭구나
　　─네...
　　─속일 줄을 모르네
　　─여기서 속여서 뭐 해...

                          *

　　고등학생이 되고 좋아하는 여자애가 생겼을 때
도무지 상담할 데가 없어 그날 받은 핸드폰 번호로

전화를 걸었다. 어디 버리지 않고 잘 간직하고 있다가 '지희이모친구'라고 핸드폰에 저장해두었었는데 문득 그 이름이 떠올랐다. 문자를 보낼까 하다가 그냥 다짜고짜 전화를 걸었다. 학원을 마치고 집으로 돌아가던 길이었다.

"안녕하세요. 저 미수인데 기억하세요?"

"누구?"

그런 대화가 몇 번쯤 오간 다음에 서현 언니는 나를 기억해냈다.

서현 언니는 가족들에게는 커밍아웃하지 말라고 했다. 적어도 스무 살이 되기 전까지는. 물론 가족 분위기가 어떤지 알 수 없으니 여러 경우의 수가 있겠지만, 오래전 지희한테 들은 게 있는데 너희 엄마는 그렇게 호락호락한 사람이 아니라고 했다. 기독교도라는 것도 대단한 감점 요인이었다. 그리고 대학은 가능한 한 멀리 갈 것. 지금 좋아한다는 그 여자애랑도 그냥 친구처럼만 잘 지내라고 했다. 되도록 숨기고 스무 살까지는 조용히 살라고 했다. 조용히 잘. 내가 아닌 것처럼. 자아를 둘로 쪼개서.

　하나같이 내가 원하던 방향의 대답은 아니었다. 그냥 연애 상담이나 좀 해달라는 건데 하지 말라는 소리만 해대니까 들을수록 부아가 치밀었다. 이러니까 다들 조용히 돌아 있는 거지. 데이트를 할 때마다 여자들은 왜 이렇게 다 제정신이 아닌가? 레즈비언들만 이런가? 남자들은 좀 멀쩡할까? 별의별 생각을 다 했다. 아니면 내가 제정신이 아닌 여자들한테 끌리는 걸까? 같은 생각도. 돌이켜보면 학창 시절에도 제일 멀쩡했던 친구는 남자애였다. 안 보이는 데서는 어떤 식으로 돌아 있을지 또 알 수 없지만 대외적으로는 아주 반듯했다. 옆집에 살았는데, 엄마만 기독교도인 우리 집과는 달리 그 남자애 집안은 모두가 다 착실한 신자여서 엄마는 늘 그 집을 부러워했다. 공부도 잘하고 얼굴도 반반하고 예의도 발랐다. 위로 형이 하나 있었는데 형도 똑같았다. 하나같이 재미가 없었다.

"언니는 학교 다닐 때 조용히 잘 살았어요?"

"난 조용히 안 살았지. 그래서 충고하는 거예요. 내 꼴 나지 말라고."

"언니 꼴이 어떤데요?"

"왜 자꾸 언니래."

"그럼 뭐라 불러요?"

"부를 일이 또 있을까? 예전에 지희가 나한테 뭐라고 했는지 알아요?"

"뭐라고 했는데요?"

"너한테는 인생에서 사랑이 제일 중요하니? 나한테는 그 정도까진 아냐."

"지희 이모가 그렇게 말했다고요?"

"어쩌면 그 말이 맞는지도 모르지."

그날 전화는 그렇게 끊어졌다. 무척 매정한 사람이라고 생각했다. 어른이면 자신이 어렸을 때와

비슷한 고민을 하고 있는 나를 조금쯤은 봐줄 수 있지 않나?

몇 달 뒤 서현 언니는 내게 다시 전화를 걸어왔다. 그리고 그날의 통화를 사과했다. 그때는 이런저런 일들이 다 제대로 안 풀려 화가 날 대로 나 있던 상황이었고 살면서 다시는 떠올리기 싫은 사람과 관련 있는 사람이란 생각에 더 날 선 말을 쏟아냈던 것 같다고 말이다. 그사이 나는 그 여자애에게 고백했고 우리는 비밀 연애 같은 걸 즐기고 있다고 말했다. 서현 언니는 한숨을 내쉬더니 말했다.

"잘됐네. 근데 그런 건 금방 다 그냥 지나가요."

"네? 지금도 기분이 안 좋으신 건 아니죠?"

서로에 대해 별로 아는 건 없었지만 우리는 그 뒤로도 종종 통화를 하고 카톡을 주고받기도 했다. 언니가 여전히 우리 도시에 살고 있다고 해서 여자친구와 함께 만난 적도 있었다. 서현 언니는 지희 이모보다 여덟 살 어렸으니 나와는 딱 열 살 차이였다. 하지만 초등학생일 때 처음 봤던 때와는 달리 나와 그리 나이 차이가 많이 나지 않는 것 같은 기분이었다. 그래도 열 살이 많다는 이유로 언니는 내게 많은 것을 거저 주었다.

서현 언니는 서울로 올라간 지 얼마 지나지 않아 금세 단골이 된 한 바에서 수아를 만났다고 했다. 나도 그런 자만추를 꿈꿨다고 했더니 언니는 요즘 같은 세상에 어플로 만나는 것 정도는 다 자만추라고 했다. 자만추라는 건 그런 게 아니에요. 연애할 의도 없이 만나서 알고 지낸 사람과 사귀게 되는 거예요. 그런 시커먼 속내를 가지고 만나서는 자만추라고 할 수 없어요. 내가 그렇게 반박했지만 언니는 시커먼 속내가 뭐가 문제냐고 했다. 속이라는 건 말이야. 빛이 안 통하게 꽁꽁 싸매져 있잖아. 그래서 누구나 다 시커멀 수밖에 없어.

"그런데 그때요. 봉투에 뭐가 들어 있었어요?"

시커먼 누군가의 속내를 생각하다 보니 그날

의 그 종이가방이 떠올라 언니에게 물어보았다.

"뭐였더라. 별거 아니었어. 지희가 우리 집에 두고 간 옷들. 지희한테 선물받은 거. 커플템 같은 거."

"그냥 다 버리지 그랬어요."

"그럴까 하다가 지희한테 떠넘기고 싶었어. 그걸 다 쓰레기통에 쑤셔 넣는 일은 지희가 해야 할 것 같았어."

*

다음 주말에 영경과 또 그 놀이터에서 만났다. 근처에 조용한 카페가 있다고 해서 거기서 차를 마시고 영화를 보러 가기로 했다. 아이스아메리카노와 당근케이크를 시키고 마주 앉았다.

"나를 본 적이 없는 것 같다고 그랬지? 나 고등학교 1학년 때 자퇴하고 검정고시 봤거든. 아마 그래서 그럴 거야."

"왜 자퇴했는지 물어봐도 돼?"

"안 돼."

"아, 넵."

"하하 농담이고, 그냥 학교랑 잘 안 맞았어. 뭐 물론 학교랑 잘 맞는 사람이 있는 것도 아니고 다들 참으면서 다니는 거겠지만."

사실 나는 학교랑 잘 맞았다. 아무런 자유가 주어지지 않는 그 꽉 막힌 생활과 기가 막힐 정도로 궁합이 좋았다. 별로 어렵지도 않았다. 그때는 말도 안 되는 걸 시키는 것도 아니라고 생각했으니까. 가끔 국어 같은 너무 졸린 수업을 들을 때면 잠이 쏟아져서 난감했지만 대체로 아무 생각이 없었다. 꼴까닥 죽은 채로 이 시간을 보내버리고 싶다……. 그러나 진짜로 죽고 싶지는 않고…… 그냥 돌이 되고 싶다……. 그런 한심한 생각이나 하면서 학창 시절을 보냈다. 책상 앞에 앉아 잠이 들락

말락 하는 순간에는 누가 나 대신 인생을 살아주면 좋겠다고 생각하다가 오, 씨발, 누가 그따위 걸 원할까? 하는 깨달음으로 잠에서 퍼뜩 깨어나곤 했다. 말도 안 되는 자학으로 시간을 낭비했고 입을 열기가 싫어서 모든 것에 대해 다 모르는 척했다.

"근데 별로 안 힘들었지?"

"나?"

"응."

"확실히 뭔가 좀 보이긴 보이나 보네."

영경은 또 웃었다. 웃을 때면 희미하게 인디언 보조개가 생겼다. 아주 가까이서 보지 않으면 잘 알아차리지 못할 작고 희미한 자국이었다.

"다음에 우리 집에 놀러 올래?"

"혼자 살아?"

"아니."

"근데 오라고?"

"고양이 한 마리랑."

"갈게."

우리는 영화를 보러 가기로 했던 건 취소하고 그냥 오늘 당장 영경의 집으로 가서 넷플릭스를 보기로 했다. 이번에도 걸어서 갔다. 어딜 가든 걸어서 30분 정도였고 그쯤은 못 걸을 이유도 없었으며 버스를 기다리자면 시간이 더 오래 걸렸기 때문이다. 영경과 함께 나란히 걸으며 서로에 대해 알아가는 그 시간이 좋기도 했다. 이제는 할 말이 아주 없지도 않았다. 할 말이 없을 때에도 오히려 긴장된 기분이 들어 설렜다. 영경이 좋은지는 아직 애매했지만. 내 머릿속으로는 아마츄어 증폭기의 〈룸비니〉 가사가 떠올라서 실은 내가 이미 영경을 좋아하고 있는 게 아닐까? 생각했다. 그건 사실 지희 이모가 자주 듣던 노래였다. 이모가 방에서 틀어놓은 노래를 엿듣고 어린 내가 놀면서 영어 부분 가사를 크게 따라 부르자 엄마는 기겁했다. 오, 주여. 그래도 이모에게 뭐라고 하지는 않았고, 나에게 'sex'를 'dance'라고 고쳐 부르라고 해서 그렇게 했다. 행복한 시간 아무것도 없는 거리 그 거리를 둘이 걷고 있다. 너무나 가슴 떨려서 할 말은 하지 못하고 손만 잡고서 세계 끝까지 걷기만 했네. 세계 끝까지 걸어 나가자. I wanna *dance* with you in bed. But I'm just walking walking. 가사를 곱씹다가 영경의 손을 덥석 잡고 싶어지기도 했다. 언제 알아차릴 수 있는 것일까. 누군가를 좋아한다는 것은. 언제 분명해지는 것일까. 영경이 무어라 계속 말을 걸었는데 침을 제대로 삼키기도 힘들었다.

"너 방금 침 삼켰지?"

"어?"

"나도 그래. 여기 근처 지날 때마다 오리고깃집 냄새 장난 아니거든. 맛도 좋아. 다음에 같이 가보자."

영경은 자신의 집으로 가는 길에 있는 것들을 소개해주었다. 저긴 새로 개업한 카펜데 옛날에 한

약방 하던 데를 리모델링했어. 그래선지 전통차 같은 걸 팔아. 대추차가 맛있어. 이 근처에 내가 다녔던 피아노 학원이 있어. 새로운 사람을 만나는 건 세계가 전보다 더 넓고 선명해지는 일이라는 걸 늘 깨닫게 된다. 우리 집에서 지척이지만 한 번도 걸어본 적 없는 동네의 골목길을 걸으면서 내가 가진 지도에서 흑백이었던 영역에도 색이 생기는 기분이었다.

영경의 집은 우리 집보다 좋았다. 고양이 방이라고 보여준 방이 내 방보다 컸다.

"여기서 혼자 산다고? 다른 가족은?"

"일 때문에 해외에 있어."

"혼자 지내는 건 어때?"

"심심하지."

어쩌면 영경은 여자친구가 아니라 그냥 친구를 찾으려는 거 아니냐고 수아가 말했었다. 나도 그게 맞을지도 모른다고 생각했다. 정말 그럴지도 모르지. 그것도 나쁘지 않았다. 나도 심심했고 친구가 필요했으니까. 영경의 고양이 우유는 누가 오든 말든 관심 없어 보였다. 우리는 거실 소파에 나란히 앉았다. 영경은 넷플릭스로 뭔가를 보려고 리모컨으로 이것저것 고르다가 내게 선택권을 넘겨주었다. 나는 뭐가 좋을지를 따져보는 척 영경의 지난 취향들을 훑어보았는데 영경이 리모컨을 쥔 내 손을 붙들고는 얼굴을 빤히 보더니 덮쳐 왔다. 아니, 잠깐만. 영경을 밀어내려다가 그냥 그대로 키스했다.

제정신으로 돌아오고 보니 거실 한편에 놓인 캣타워 꼭대기에 앉은 우유가 약간 심통 난 얼굴로 우리를 내려다보고 있었다.

—야, 너보다 낫다
—속 시원하네
두 사람은 당분간 내가 한심한 소리를 늘어놓

는 것에 일일이 답변하지 않아도 된다고 생각했는지 갑작스러운 진도에 반가워했다.

　—근데 잘 모르겠어요

　—쟤 또 저런다

　—할 거 다 해놓고 모르긴 뭘 몰라

　하지만 정말 알 수 없는 기분이었다. 모든 게 갑작스럽기만 했다. 재영과는 모든 순간이 두근거렸고 모든 게 더 불타올랐었는데 영경과는 어쩐지 모든 게 다 미적지근했다. 그날도 그랬다. 한순간은 무척 설렌다고 생각할 때도 있었지만 다음 순간엔 그냥 오랜 친구처럼 편하기만 했다. 섹스를 할 때도 영경은 적극적이지 않았고 집에 돌아가야겠다고 했을 때에도 나를 붙잡지 않았다. 배웅하며 현관에 서서 잠깐 손을 흔들어주고 말 뿐이었다. 포옹도 작별 키스도 없었다.

　그럼에도 나는 주말마다 영경의 집에 갔다. 영경도 나처럼 미적지근한지 궁금해하면서. 이렇게 시작되는 사랑도 있고 저렇게 시작되는 사랑도 있으니까 미지근하게 시작해서 점점 더 불타오를 수도 있지 않을까. 게다가 영경과는 점점 더 죽이 잘맞았다. 대화도 잘 통했고 취미도 비슷했고 유머코드도 맞았다. 영경의 보조개도 눈 밑에 난 작은점도 마음에 들었고 가느다랗고 긴 손가락도 하늘거리는 머릿결도 좋았다. 산책할 때마다 발견한 것들에 대해 이상한 백과사전 지식을 뽐낼 때의 영경도 마음에 들기 시작했다.

"이건 버드나무 꽃가루가 아니라 씨앗입니다. 그리고 썩은 버드나무는 밤에 빛이 난다고 합니다."

인공지능처럼 목소리를 변조해 오래전 자퇴하고 방에 갇혀 백과사전만 읽을 때 알게 된 것들을 내게 전해주었다. 나는 때때로 놀라면서도 그걸 아는 게 사는 데 무슨 도움이 되느냐는 심정이었는데 나중에는 내가 영경을 만나러 갈 때마다 지나는 이 산책로에 또 어떤 이상한 이야기가 있을까. 영경에 대해서도 점점 더 궁금한 게 많아졌다. 모든 걸 깡그리 다 알고 싶었다. 그렇게 우리는 세 계절을 함께 보냈다. 초봄에서 가을까지. 나뭇잎이 점점 더 커가는 것처럼 영경을 좋아하는 내 마음도 커졌다. 영경도 나와 같은 마음이었을 거라는 걸 의심하지도 않았다.

*

가을에는 영경이 복학해서 자주 만나지 못했다. 평일에 영경은 우리 동네에서 거의 두 시간쯤 떨어진 도시에 있는 대학에 있었다. 가능하면 조기 졸업을 하고 싶다고 했고 그래서인지 빡빡하게 수업을 들었다. 영경이 집 비밀번호를 알려주며 우유랑 같이 놀아주라고 했지만 우유는 나를 별로 안 좋아하는 것 같았다. 처음 만난 날 엉덩이까지 다 보여준 게 실수였을까. 내가 아무리 격렬하게 카샤카

샤를 흔들어대도 츄르로 유혹해도 아무런 일도 없다는 듯이 눈을 내리감았고 영경이 흔들어줄 때에만 겨우 몸을 일으켜 거실 이쪽저쪽을 뛰어다녔다.

그러던 어느 날 혼자 집에 있기 싫어 이리저리 산책하다가 영경의 집에 가기로 했다. 영경에게 너네 집에 가 있겠다고 문자를 보냈다. 답은 오지 않았지만 천천히 걸어서 영경의 집으로 갔다. 캣타워 꼭대기에서 졸고 있던 우유는 누군가 현관문을 열고 들어오는 낌새가 느껴지자 고개를 한 번 치들었지만 그 사람이 나라는 사실을 확인하고는 흥미를 잃었는지 다시 원래의 자세로 돌아갔다. 그래도 나는 우유에게 걸어가서 말을 걸었다. 우유야, 안녕. 머리통도 좀 쓰다듬으려고 했는데 우유가 물려고 해서 그러지는 못했다. 이제는 영경의 집에도 내 흔적이 많았다. 자고 가는 날도 많아 거의 같이 사는 거나 다름없었다. 하지만 집으로 돌아가는 날도 많았고 우리 집에서 자는 날도 있었다.

우리는 산책 데이트를 가장 좋아했다. 가끔은 서로의 집까지 한 시간씩 걷기도 했다. 세계 끝까지 걸어 나가자. 함께 〈룸비니〉를 듣기도 했다. 이별 노래 아냐? 내가 함께 산책할 때 듣고 싶은 노래라며 들려주었는데 영경이 마지막 부분 가사에 의아해하며 물었다. 저기 저 멀리 아침 해가 떠오르네요. 우리 이제 그만 헤어지기로 해요. 그런가? 하지만 행복한 시간 아무것도 없는 거리를 둘이 걸었으므로, 그것도 세계 끝까지 걸어 나갈 마음으로 걸었으므로 충분한 것 같다고 영경이 말했었다. 그런 다음 우리는 손을 잡고 세계의 끝에 대해 이야기하면서 걸었다.

세계 끝의 풍경에 대해서 우리는 의견의 일치를 보지 못했다. 영경은 제목이 '룸비니'인 것을 들며 이 노래가 불교 사상에 기대고 있을 거라고 말했다. 어떤? 하지만 영경은 불교에 대해서는 인생은 고통이라는 것과 윤회 사상, 열반에 이르면 윤

회에서 해방되어 그 고통을 끊을 수 있는 것이라는 정도밖에 알지 못한다고 했다. 그러니까 얘네는 헤어지고 나서도 다시 또 만나서 계속계속 세계 끝까지 걸어 나갈 것이라고 했다. 그게 고통이라도? 고통이야말로 짜릿하지. 변태 같은 소릴 하네……. 나는 그보다는 현실적으로 해석했다. 네팔의 룸비니는 지평선을 볼 수 있는 잘 알려진 평야 지대라고 한다. 그렇다면 세계의 끝 같은 기분을 느끼면서 무한히 걸어 나갈 수 있을 것이다. 이건 룸비니에 가본 사람이 쓴 가사라고 생각했다. 룸비니에서 처음 만난 두 사람이 서로에 대해 알아가는 과정에서 그곳의 평야 지대를 밤새워 걸으며 이야기하다가 멀리 지평선에서 해가 떠오르는 것을 보고서야 시간이 그만큼이나 흐른 것을 깨달은 것이다. 그리고 조금이라도 잠에 들기 위해 잠깐 헤어져 있기로 하자고 말하는 것일 거라 생각했다. 하지만 영경은 나의 해석이 더 비현실적이라고 했다.

할 일이 없어서 넷플릭스를 보려다가 당기는 게 없어서 유튜브를 보다가 그것도 재미가 없어져서 그냥 소파에 누워 있었다. 소파 옆 협탁에는 영경의 아이패드가 놓여 있었다. 누운 채로 별생각 없이 그걸 열었다가 영경이 실시간으로 친구와 나누고 있는 카톡을 봐버렸다. 영경에게는 남자친구가 있었다.

처음에는 커밍아웃하지 않은 친구에게 나를 남자친구라고 소개하고 있는 걸지도 모른다고 생각했다. 누군가를 만나고 있는 걸 들켜버렸는데 사실대로 말하지 못하고 남자친구가 생겼다고 얼버무린 것일지도 모른다고 말이다. 그 정도는 이해할 수 있었다. 하지만 영경의 친구가 너희 커플 찍은 거라면서 영경에게 사진을 보냈다. 거기에는 영경과 웬 남자가 함께 웃고 있었다. 사진 속 영경은 무척이나 여자 같았다. 아니, 물론 영경은 여자니까 여자 같은 게 당연하지만 내가 아는 지금의 영경과는 분위기가 꽤 달랐다. 고작 사진 한 장이었지만. 아주 공들여 화장한 게 티가 났고 남자친구의 어깨에 살짝 기댄 포즈도 뭔가 다르게만 느껴졌다. 사람이 앞과 뒤가 같아야…… 겉과 속이 같아야…… 통전성을 지향해야……. 엄마가 잔소리할 때마다 하던 말이 떠올랐다. 하지만 나는 전혀 그렇게 살고 있지 않아서 머리가 빠개질 것 같았다. 영경도 나와 마찬가지였다. 나는 참지 못하고 영경과 친구의 카톡방에 이게 뭐야? 하고 메시지를 남겼다. 얼마 지나지 않아 카톡에서 로그아웃되었다. 그길로 나는 곧장 집으로 돌아왔다. 한참을 멍하니 앉아만 있다가, 멍하니 앉아만 있는 게 어쩐지 좀 오싹해져 단톡방에 내게 일어난 일을 모두 고했다.

　　─헐

　　─헐

　　─백 퍼센트 실화랍니다

—헐

*

서현 언니가 그냥 서울에 와서 며칠 지내다 가라고 했다. 혼자서 속앓이할 것이 염려되었던 듯하다. 수아와 서현 언니는 투룸에서 동거하고 있었다. 조금 난잡하긴 하지만 서재 방을 정리해서 내줄 수 있다고 했다. 나는 사양했다. 영경에게서는 계속 카톡과 문자와 전화가 왔지만 하루 동안 받지 않았다. 나는 내가 어떤 실험 대상이 되었던 것이라고 생각했다. 영경이 뭘 알아보고 싶었던 건지는 모르지만.

이틀째에 이미 마음이 누그러졌던 것을 보면 영경을 그다지 좋아했던 것은 아니었는지도 몰랐다. 그래도 세 계절을 함께 보냈으니까 3주, 못해도 3일 정도는 시간이 필요하지 않을까 싶었는데 아니었던 모양이다. 나는 이틀째 저녁에 영경에게 전화를 걸어 집으로 가겠다고 했다. 영경의 집으로 향하는 길은 이제 아주 익숙했다. 고소한 고기 냄새가 나는 오리고깃집, 달짝지근한 향이 나는 카페, 서툰 피아노 소리⋯⋯ 그리고 익숙한 나무들도. 벚나무와 철쭉, 봄에 씨앗을 풀풀 날리는 썩지 않은 버드나무.

웬일로 우유가 달려와 나를 맞이해주었다. 우리는 처음 영경의 집에 왔을 때처럼 소파에 나란히 앉았다. 영경은 내가 본 것을 부정하지 않았다. 하지만 그 밖에 다른 숨긴 것은 없다고 했다.

"그걸 숨긴 게 문제인 거지."

"걔랑은 진작에 끝이 났거든. 아직 친구가 몰랐던 거뿐이야. 거의 연락도 안 하고 지내는 애인데 오랜만에 연락 와서는 옛날에 찍어놓은 사진이 있다고 보내준 거야. 걔랑은 이제 진짜 뭣도 없거든."

하필 타이밍이 왜 그랬을까. 그건 온 우주의 힘

이 우리 사이가 잘 안되기를 바라고 있기 때문이지 않았을까. 말도 안 되는 타이밍을 맞닥뜨릴 때면 그런 정신 나간 생각에 빠져들곤 했다. 그게 아니고서야. 왜 하필. 그 시간 그 순간에. 나는 영경을 향한 마음이 대충 정리가 되었다고 생각했었는데 별것도 아닌 그 뻔한 대답들에 마음이 또 흔들렸다. 당황해하며 땀을 뻘뻘 흘리면서 최선을 다해 변명하고 내 마음을 돌리려 애쓰는 그 모습에. 그저 상황을 모면하기 위해 준비된 가장 그럴듯한 대답이었던 것이었을지도 모르는데.

나는 언젠가 하다 만 이야기를, 지희 이모에 대한 이야기를 꺼냈다. 이모가 여자친구와 헤어지고 남자와 결혼했다는 이야기를. 지금은 아들을 둘 낳고 아주 잘 살고 있다는 이야기를. 어쩌면 그게 내게도 트라우마처럼 남아 있는지도 모르겠다는 이야기를 했다. 그래서 그 사진을 본 순간 무척이나 두려웠다고 고백했다. 그것이 과거 사진인데도 내게 곧 닥칠 미래처럼 느껴졌다고 말이다. 그래서 더 큰 확신이 필요했다.

"나를 사랑해?"

"지금 그런 말이 듣고 싶어? 이런 상황에서 무마하듯 말하는 것도 난 마음에 안 들고."

"나는 사랑해."

"뭐?"

"첫눈에 반했었어."

그건 사실이 아니었지만, 그때는 그저 사마귀 같다고만 생각했었지만. 언제 영경에게 빠진 것인지 알 수 없는 이상 그걸 맨 처음이었다고 해도 좋을 것 같았다. 그 사마귀 같은 포즈를 봤을 때부터 거기에 사로잡혀 빠져나올 수가 없었다고. 무언가를 기도하듯 웅크리고 있던 어깨가 잊히질 않았다고. 무엇을 염원하든 그쪽 방향으로 함께 빌고 싶었다고.

"너는 거짓말하면 티가 나. 어깨를 쭉 펴거든.

말할 때 힘이 들어가나 봐."

"정말이야. 네가 느끼는 미래에 나도 같이 있
었으면 좋겠다고 생각했어."

"여전히?"

어딘가 간절함이 묻어나는 영경의 물음에 나
는 쉽사리 대답하지 못했다. 마음은 당연히 그렇다
는 대답 쪽에 기울었지만 어째선지 그 말이 입 밖
으로 나오지는 않았다.

"아무래도 시간이 필요할 것 같아."

사랑한다고 말할 수 있는 사람은 영경이 아니
라 나였고 우리 관계의 행방을 결정할 수 있는 권
한도 내게 있었다. 내가 집에 가겠다고 하자 영경
이 데려다주겠다고 일어섰지만 혼자 걸으면서 생
각을 좀 해야겠다고 거절했다.

"그럼 밥이라도 먹고 가."

나는 우리가 헤어진다면 친구가 될 수 있을까
따져보았다. 그럴 수 있을 것 같기도 했는데 그러

고 싶지 않았다. 영경은 내가 뭐라 대답하기도 전에 밥을 차려주겠다고 먹고 가라고 했다. 김치찌개를 끓여주겠다고 했다. 이 상황에서도 끼니 걱정을 하는 영경이 조금 웃겼다. 영경은 부엌에서 분주히 움직였고 나는 소파에 멍하니 앉아 있었다.

밖에서 부아앙 오토바이가 지나가는 소리가 들렸다. 또다시 지희 이모가 떠올랐다. 오래전 하교하던 길에 이모를 만난 적이 있었다. 집에 가니? 태워줄까? 오토바이를 끌고 지나가다가 나를 발견하고 멈춰 서서 그렇게 물었다. 이모 뒤에는 누군가 타고 있었는데 그가 오토바이에서 내리며 물었다. 아는 애야? 반장님 딸이잖아. 이모가 대답하며 내게 재차 물었다. 집까지 태워줄까? 내가 고개를 끄덕이자 오토바이에서 내린 남자가 자신이 쓰고 있던 노란 안전모를 벗어서는 내게 씌워주며 중얼거렸다. 너무 큰데. 그러자 이모는 자신의 헬멧을 내게 씌우고 안전모를 자신이 썼다. 헬멧에서는 민트

향기가 났다. 이모는 어린애를 다루듯 조심스럽게 나를 앞에 앉히려다가 다른 어른들처럼 뒤에 앉게 했다. 꼭 붙잡아. 그리고 한참 집 쪽으로 달리다가 사거리에서 신호에 걸려 멈춰 선 틈에 물었다. 어디 가고 싶은 데 있어? 내가 아무 대답도 하지 않자 또 물었다. 바다에 갈까? 이번에도 나는 대답하지 않았지만 이모는 마음의 결정을 내렸다는 듯 말했다. 바다에 가자. 나는 그게 어쩐지 마음에 들어서 얼른 도착했으면 하는 마음으로 이모의 허리를 더욱 꼭 붙들었다. 그날 우리가 함께 바다에 갔으면 어땠을까? 조금 더 친해질 수 있었을까? 바다로 향하는 길에 갑자기 비가 쏟아져 핸들을 돌려 서둘러 집으로 돌아갈 수밖에 없었다. 이모는 다음에 가자고 말했지만 왠지 다음은 없을 것 같았고 정말로 그랬다. 이상하게도 내가 이모와 가까워졌다면 서현 언니와 이모가 헤어지지 않았을 거라는 생각을 종종 했다. 내가 이모를 보며 내가 누구인지를 알았다는 이야기를 했더라면. 이모의 행복을 줄곧 빌고 있다고 말했더라면. 아직 세상 물정 모르는 어린애를 보면서 이모가 자신의 미래를 다시 그려보았을지도 모른다는 생각을 했다. 이상하게도.

김치찌개가 끓으며 방 안의 온도가 조금 올라가는 것이 느껴졌다. 해가 지며 방이 어두워지기 시작했는데 영경은 불을 켜지 않았다. 나는 눈을 감았다 떴다 했고 아무 걱정도 고민도 없는 사람처럼 잠깐 졸았다가 냄새로 집 안이 부풀어 오를 지경이 되었을 때 잠에서 깼다. 방은 더 어두워져 있었고 조금 서늘해져 있었다. 내 옆에 영경도 앉아 졸고 있었다. 나는 잠든 영경의 얼굴을 보았다. 두 손을 올려 턱을 괴고 있는 폼이 역시 사마귀 같았다. 나는 영경의 볼을 쿡 찔렀다. 죽었니, 살았니. 영경은 잠깐 움찔했지만 깨어나지 않았다.

나는 내가 죽었는지 살았는지 도대체 누구인지를 확인하는 시간이 너무 지겨웠기 때문에, 자기가 누군지 헷갈리는 사람과는 만나지 않으려고 했었다. 하지만 그 사람이 영경이라면. 영경의 그 시간을 함께 있어주고 싶었다. 자신의 마음을 확인한 영경이 나를 떠나버리게 된다고 하더라도. 왜 그런 최악의 경우만 먼저 떠올리는지는 모르겠다. 어쩌면 진짜로 닥칠지도 모를 일이 너무 무서워서 미리 예방주사를 놓는 건지도. 어차피 이 모든 시간은 지나가버릴 것이고 다가올 일들을 미리 당겨 걱정할 필요는 없다. 지나가기 전에는, 지금은 함께 있고 싶었다.

내가 골똘히 영경의 꺾인 손목을 보고 있을 때 영경이 눈을 떴다. 어쩌면 잠깐 눈만 감고 있었을지도 모른다는 생각이 들 정도로 눈이 맑았다. 사마귀 같은 여자애를 좋아하게 되리라고는 생각해본 적이 없었는데. 그 말도 안 되는 순간에도 영경을 좋아하고 있다는 것을 깨달았다. 그러자 느껴졌다, 미래가.

작업 일기

사마귀는 죽은 척한다

이 소설을 시작할 즈음에 사마귀가 떠올랐다. 영경의 모습을 머릿속에 그려보는 장면에서, 하필이면 사마귀를 닮은 기도하는 영경이 떠올랐다. 그리고 그와 연결할 만한 다른 장면들도 떠올랐다(이런 식으로 나는 소설을 쓸 때마다 지나간 기억들을 헤집어본다).

언젠가 x와 공원을 산책하다가 사마귀를 발견했다. x는 살면서 사마귀를 처음 본다고 해서 나는 꽤 큰 충격을 받았다. 그 밖에도, 메뚜기도 여치도 반딧불이도 호랑나비도 실물을 본 적이 없다고 했다. 그저 매미와 잠자리, 거미 정도를 봤을 뿐이었다. 우리는 우리가 살고 있는 도시 공간의 한심하기 이를 데 없는 종다양성 수준에 대해 이야기하다가(아니, 어쩌면 그저 x의 생활 반경이 너무 좁은 것뿐일지도 모른다는 가벼운 반박이 있긴 했다) 언젠가 기회가 되면 반딧불이 숲으로 여행을 가고 했다(나는 내가 본 반딧불이 서식지 중 가장 장관이었던 곳으로 지심도와 포카라를 떠올렸고 지금은 그곳들이 얼마나 달라져 있을지, 혹은 망가져 있을지를 상상했다). 하지만 그렇게 멀리 여행을 떠나는 일이 종 다양성을 더욱 해치는 일이 되지 않을까? x는 그렇게 말했고 생각할수록 인간들을 그냥 대도시에 몰아넣어 가둬두는 것이 자연환경을 가장 덜 해치는 길인 것 같다고도 했다.

우리는 한동안 사마귀를 가지고 놀았는데(이

소설 속의 영경처럼 나뭇가지로 사마귀를 찔러댔다) 어느 순간 사마귀가 죽어버렸다. 배를 까 보인 사마귀를 우리는 몇 차례 더 나뭇가지로 찌르다가 마침내 죽음을 받아들였다. 진짜 죽었나 봐! 그 정도의 접촉으로(x의 표현에 따르자면 약간의 스킨십 정도로) 한 생명체가 죽어버린 것에 나는 또 충격을 받았다. 그 죽음이 전적으로 우리의 천진한 사악함 때문이었음을 통감하며 묵념하는 사이 사마귀는 다시 깨어나서 움직여 달아났다. 나는 관뚜껑이 열린 걸 본 사람처럼 또 놀랐다. 이번에는 x도 같이 놀랐다. 사마귀는 진짜로 죽었었기 때문이었다. (아님) 적어도 죽은 것처럼 보였었기 때문이었다.

나중에 x가 인터넷에서 찾아내 내게도 알려준 바에 따르면 사마귀는(사마귀뿐만 아니라 곤충을 비롯한 많은 종류의 생물들이) 위기의 상황에서 죽은 척한다. 어떤 포식자는 시체를 먹지 않기 때문이다. 그리고 어떤 피식자는 그 사실을 알기 때문이다. 그렇다면 진짜로 죽었는지 아닌지는 어떻게 알아낼 수 있을까? 우리가 다음에 또 길을 걷다가 죽은 지 얼마 안 된 사마귀를 보게 된다면 그것 역시 진짜로 죽은 게 아니라 그저 죽은 척 연기하고 있을 뿐이라 생각할 수도 있었다. 그럼 그 죽음은 삶을 흉내 내고 있는 것이랄 수도 있겠지. x가 도달한 결론에 나는 많이 놀랐고 조금 상처받았다.

소설을 쓰기 시작할 때의 구상은 이런 것이었다. 곤충들의 위장술과 퀴어들의 커버링을 연결해보는 구태한 아이디어였다. 단순했고 오래 생각했던 테마라서 몇 가지 장면만 만들어내면 금방 쓸 수 있을 거라 예상했는데 생각만큼 잘 풀리지 않았다. 그렇게 된 데에는 여러 가지 이유가 있다. 나는 그 목록들을 가지고 있다(10번까지 번호를 매겨 놓았다). 그렇다면 나는 왜 그것들을 수정하지 못한 것일까? 출간될 소설 뒤에 붙이는 작업 일기에 이런 무책임한 말을 쓰면 안 될 것 같지만 작가 노

트라거나 작가의 말이 아니라 작업 일기라서 좀 더 내밀한 이야기를 해도 될 것만 같다. 아닌가. 안 되나?

곰곰이 생각해봤는데 역시 안 될 것 같다.

그래서 다른 이야기를 하기로 한다. 많은 작가들이 그러하듯 나 역시도 뭔가를 쓰기에 앞서, 혹은 써나가는 동안에 자주 사전을 들여다본다. 내가 관성적으로 사용해왔던 단어에서 또 다른 의미나 전혀 짐작해보지 않았던 어원 등을 발견하면 그것들을 품고 다니다가 소설 속에 씨앗처럼 심어놓는 것을 즐긴다. 무럭무럭 자라나기를 바라면서 거기에 물도 주고 양분도 주고 바람도 쐐준다. 같이 놀러도 다닌다. 그러다가 그것이 진짜로 자라나기 시작하면 무척이나 반갑다. 그래서 시시때때로 사전을 찾아보지만 사전 역시도 인간이 만든 것이므로 권력자의 언어로 쓰인 것이라는 생각도 자주 한다. 퀴어와 로맨스를 사전에서 찾아보면 내가 하는 말이 무슨 뜻인지 다들 잘 알 수 있을 것이다.

사전적 의미를 참조하되 사전에 없는 이야기를 쓰고 싶다. 하지만 내가 좀 지나치게 모범생을 지망하고 또 선망하며 자란 사람이라서(그런 것치고는 아웃풋이 영 별로긴 하지만…… 어쩌면 그랬기 때문에 별로인 것일 수도 있고……) 사전 밖의 것을 쓰려고 할 때마다 검열하는 자아가 강하게 발동한다. 이걸…… 누군가는(적어도 편집자는) 볼텐데…… 써도 되려나? 싶어져서 딜리트, 백스페이스, 다시 또 딜리트를 누르다가, 짠! 하루 종일 쓴 1000자가 200자가 되었습니다! 같은 상황을 마주하게 된다. 그래서 작가가 갖춰야 할 제1 덕목은 뭐니 뭐니 해도 뻔뻔함이라는 생각을 자주 한다. 누가 뭐라건 쓰려는 것을 써내야 한다. 그리고 자신이 쓴 세계에 책임을 질 수 있어야 한다. 몸을 사리지 말아야 한다.

물론 나는 몸을 좀(많이) 사리는 편이다. 타고

난 겁쟁이인 나는 작가에 잘 맞지 않는 사람일 수도 있다. 언젠가 x에게 물어보았다. 편집자들은 왜 자꾸 나한테 퀴어 소설을 써달라는 걸까? x는 이번에도 내 소설이 쓸데없이 너무 길어서 전부 다 읽지는 못했지만(2만 자가 조금 넘을 뿐인데) 대체로 좀 '찐따' 같은 데가 있어서 퀴어 소설이랄 수 있을 것 같다고 했다. "찐따ness야말로 퀴어의 코어니까"라고도 했다. 맨날 그런 걸 쓰고 앉았으니 또 써달라고 하는 것 아니겠냐고. 그 말은 우리끼리의 농담이 되었고 우리는 우리가 찐따인 점을 약간의 긍지로 삼게 되었다. 거기에 무슨 긍지씩이나…… 싶기도 했지만 그건 적어도 우리 사이에서는 낙인 같은 게 아니고 그저 우리를 묶어줄 표현일 뿐이었다. 찐따인 덕택에 정상 사회에서 한참이나 벗어난 삶을 살아도 별다른 압박을 느끼지 않고 태평할 수 있었다.

앞에서 언급한 목록들(이 소설이 잘 풀리지 않

은 이유들의)의 1번은 지희 이모의 분량이 쓸데없이(쓸 데 있게 만들었어야 했는데 그렇게 하지 못했다는 말이 더 정확하겠다) 많다는 점이 차지하고 있다. 그리고 3번에는 남이 잘 만들어놓은 노래에 숟가락 얹어서 분위기 좀 타보려는 짓을 관둬야 한다고 써놓았다. 그리고 마지막인 10번에는 '제목 개구림'이라고 썼다. 다른 건 몰라도 제목만은 고칠 수 있을 것 같아서 여러모로 생각해보았지만 (또 다른 후보였던 '다가오는 것들'은 이미 누군가의 제목이었고, 초고를 쓸 때 붙여두었던 제목 '은닉'은 초고를 쓸 때의 이야기와도 너무 멀어졌으므로 쓸 수가 없었으며, 차라리 작업 일기의 제목인 '사마귀는 죽은 척한다'를 소설 제목으로 할까 하는 안도 있었지만 그 부분의 이야기를 잘 풀어내지는 못했기 때문에 별로 어울리지 않는다고 생각했다) 딱히 떠오르는 게 없었고 이게 나의 최선이었다. 그게 나를 무척이나 슬프게 한다…… 라고 적었지만 사실 딱히 슬프지는 않다. 최선을 다했으니 됐다…… 유의 아마추어 같은 이야기를 하려는 게 아니고, 내게는 이 소설 또한 나의 의지였음을 고백하지 않을 수도 없다.

이 소설이 퀴어 로맨스일지는 잘 모르겠다(목록의 5번은 '이게 퀴어 소설……?'이었고 6번은 '이게 로맨스……?'였다). 로맨스와 거리가 먼 삶을 살고 있어서 자신이 없었다. 그럼에도 승낙한 것은 어떤 테마가 명백히 주어진 소설을 쓸 때 잘 써진다는 오판이 있었기 때문이다. 어떤 경우에 소설이 잘 써진다는 나만의 빅데이터가 있었는데(제목이 먼저 정해질 경우라거나, 어떤 테마가 주어진다거나, 소설의 처음과 마지막 장면이 먼저 떠올랐을 경우) 최근에는 그냥 시간이 많을 때 잘 써지는 것 같다는 깨달음을 얻었다. 소설을 쓸 때는 내가 쓰기로 한 주제에 대해 먹고 자는 시간을 제외하면 퍼부을 수 있어야 하고, 내내 그에 대해 골몰하면서 심어놓은 이야기들이 자라도록 만들어주어야 한다는 것을.

몇 차례나 다시 읽어 내려가면서 어떤 부분들은 수정해야 한다고 느꼈지만 그렇게 하지 않은 것은 역시 나의 선택이었다. 나는 늘 나의 소설을 변호해야 한다고 느낀다. 모든 것을 반박하겠다는 것이라기보다는 그저 나의 입장을 가지겠다는 것뿐이다.

최근에 고작 한두 번 만났을 뿐인 내게 커밍아웃을 하는 사람들이 몇 있었다. 그들은 대체로 나보다 열 살에서 스무 살 정도 어렸다. 그들의 커밍아웃은 아주 대단한 결심에서 비롯된 것이라거나, 내가 꽤나 신뢰할 만한 사람이라서가 아니라, 그저 자기소개를 하는 것에 불과하다는 느낌이었다. 만난 지 얼마 안 됐으니 조금 어색하고 긴장된 분위기는 있었지만 자기소개는 편안하고 자연스러웠다. 그게 최근에 내게 있었던 일 중 가장 좋았던 일이다. 그 앞에서 나는 아무것도 소개하지 못했지만 내가 썼던 소설들에 존재하는 불안과 초조와 체념 같은 것들이 더는 유효하지 않게 될 날이 올 것이다. 이 소설은 그런 것들을 바라면서 쓴 것인지도 모르겠다.

지나가는 것들

초판 1쇄 발행 2024년 11월 28일

지은이 김지연

펴낸이 안병현 김상훈
본부장 이승은   총괄 박동옥   편집장 박윤희
책임편집 정수향 김정은
마케팅 신대섭 배태욱 김수연 김하은   제작 조화연

펴낸곳 주식회사 교보문고
등록 제406-2008-000090호(2008년 12월 5일)
주소 경기도 파주시 문발로 249
전화 대표전화 1544-1900   주문 02)3156-3665   팩스 0502)987-5725

ISBN 979-11-7061-204-9 (04810)
      979-11-7061-151-6 (세트)
책값은 표지에 있습니다.